글·그림 **아르누니**

길찾기

# Contents

**백작가의 불청객들 2**
2024년 05월 22일 초판 1쇄 발행
ⓒarrnuni/KAKAO WEBTOON Studio

**글·그림** 아르누니
**협 력** 카카오 엔터테인먼트
**편 집** 김보람
**디자인** 김예은
**마케팅** 이수빈
**펴낸이** 원종우

**펴낸곳** 블루픽
주소 (13814) 경기도 과천시 뒷골로 26, 2층
전화 02 6447 9000   팩스 02 6447 9009   메일 edit@bluepic.kr   웹 bluepic.kr

**ISBN** 979-11-6769-287-0 07810 (2권)  979-11-6769-287-7 (세트)
**가격** 15,800원

제 11 화

실은 나도
그 여자가
병원에서 한 말이
좀 의아하긴 했어.

하지만,

깔끔하게
결론을
말하자면

가능성이
아예 없는 건
아니야.

그렇기는
한데….

그럴 가능성은
매우 희박해.
불가능에 가까울
정도로.

정말이지
길 가다 벼락 맞을
확률보다도
낮다고.

그 애가 네 애가
아닐 거란 게
의사로서의
내 소견이야.

우선은
그 둘에 대해
충분히 조사해보길
권할게.

……·

됐어, 그 정도면.

여차하면 사기죄로 추방할 생각이었거든.

두 번 다시 아그리스에 얼씬 못 하게.

…예상은 했지만

아들로 인정할 생각은 단 1퍼센트도 없었군.

그 여자가 가만히 있을까? 만만찮아 보이던데.

그래봤자 라니아는 못 이길걸?

내 아내는 상상 이상으로 강력하다고.

…필데트 부인이 화가 많이 났겠어.

말해 뭐 해— 그러잖아도 아직도 날 더러운 망나니로 취급하는데.

심지어 내가 아직도 로라를 사랑하는 줄 알더군.

…최근 로라가 내 꿈에 자주 나오긴 했지.

하지만 그건 전부 악몽이었어.

로라가 나를 여자로 가득한 방에 감금하는 꿈이었다고.

......

로라! 로라! 꺼내줘!

쾅 쾅

필데트 부인은 네가 왜 그렇게 사생아를 싫어하는지 알아?

올해는 연회가 잦았잖아. 여자들을 상대하느라 스트레스가 극심했어.

그런데 설마 그 로라가 사생아까지 달고 나타날 줄이야….

당장 스트레스로 죽어도 이상하지 않아

내가 사생아와 랜든을 싫어하는 건 알지만 자세한 내막은 모를 거야.

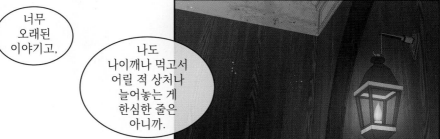

너무 오래된 이야기고,

나도 나이깨나 먹고서 어릴 적 상처나 늘어놓는 게 한심한 줄은 아니까.

…하지만 절대 잊을 수 없어.

어릴 적의 나는
그들에게 내 집과 가족을
빼앗겼다고 생각했어.

어머니께서
돌아가신 후엔
감히 후계자 자리를
넘보기까지 했으니

오죽했겠어?

설마 라니아가
이런 것까지 다 아는 건
아니겠지.

다 알면서도
그런 짓을 한 거면…
도대체 날 얼마나
싫어한단 거야.

?

필데트 부인에게
무슨 일이라도
있어?

……

…아무튼
난,

내가 겪은 아픔을
헤이든까지 겪게
하고 싶지 않아.

차라리 내가
비정한 인간이
되고 말지.

…슬슬 가봐야겠군.

베네딕트?

필데트 부인이 널 더럽게 여긴다는 거 말인데

한창일 나이에 거길 10년 넘게 안 썼잖아.

그 정도면 순결한 셈이라고 본다.

베네딕트,

넌 정말 깨끗한 남자야.

……．

……？

…넌 방금
응급차 한 대를
날려 먹었어,
데런.

뭣,

……．

세 대로
늘리려고
한 말이었는데?

그 놈과는
별개로

그들에게
총을 쏜 범인을
찾는 건

아그리스의
치안을 위해서라도
총력을 기울여야 한다.

남은 문제는
아그리스에 떠도는
악성 소문.

헤이든이
당신 친아들이
아니라는 소문이요.

그 소문이
안 그래도 흉흉한 민심에
불을 지폈더군요.

요즘 민심이 좋지 않은 건
루넌트 전체의 문제지만

…좀 더 세심하게
살필 필요가 있겠어.
내가 놓친 게 많을 거야.

한데 어쩌다
그 정도로 악질적인
소문이 났을까?

사람들은
또 어떻게
알게 된 거고.

그날 술에 취해
헤이든에게 말한 걸
제외하면

지금껏 나는
라니아와 한 침대에서
잠만 잤을 뿐,

아무에게도
말하지 않은
비밀인데.

그 이상의 일은
결코 해본 적이 없다.

정말이지
문제가 많은
부부로군.

아내가
뜬금없이
임신을 했는데

남편은
자초지종을
묻지도 않고
그냥 넘어가다니….

…처음부터
껍데기뿐인
결혼이었으니까.

날 싫어하는 여자와
몸을 섞고 싶지도 않았고,

굳이
날 닮은 아이를
가지고 싶다는 생각도
하지 않았다.

결혼하고 얼마 지나지 않아
아버지마저
돌아가셨을 무렵.

그 당시 나는 내게
병인지 버릇인지 모를
이상한 습성이 있다는
사실을 깨달았다.

그것은

내가
누군가를 사랑하면서
동시에 원망하고,

그러다 그 대상이
갑자기 사라져 버리면
그때마다

마치 세상에
홀로 남은 것처럼
공허해한다는 사실이었다.

그 무렵의 우리 집은
안식 없는
안식처와도 같아서

누구 하나
정붙일 이 없는 곳이었고

어디에도
갈 곳이 없음에

나는 오래도록
그림자처럼
떠돌았더랬다.

그렇게 시간을
헛되이 보내던 중,
갑작스레 전쟁이 터졌고

사람 구실을
하고 싶었던 나는
도망치듯 집을 떠났다.

부함장님,
아그리스에서
편지가 왔습니다.

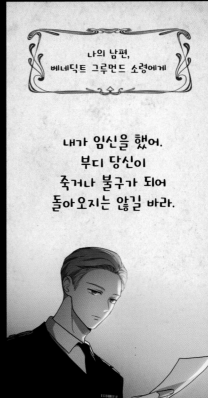

나의 남편,
베네딕트 그루먼드 소령에게

내가 임신을 했어.
부디 당신이
죽거나 불구가 되어
돌아오지는 않길 바라.

다 큰 남자를 돌보고 싶지도 않거든.

—당신의 아내, 라니아로부터—

며칠 후,

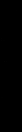

내가
갑자기 죽어도
외롭진 않겠네.

배가 많이 불렀다는
소식을 끝으로

라니아에게선
더 이상 편지가 오지 않았다.

내가 헤이든을
처음으로 본 건

라니아가 출산한 지
반 년이 넘어갈
무렵이었다.

흐아아앙

흐아아앙!

흐아앙

흐아앙!

이 녀석이군.

라니아랑
닮았어.

흐응?

빠빠!

마마!

까르르

어… 저게
나인 건
맞는데.

근데 벌써
사람을
알아볼 수 있나?

천재?!

미안한데,
난 네 아빠가
아니…

끄으응-

꿍차

?

철푸덕!

헉!

부-웅

들어
버렸다…

빠파!

푸히히…

꺄르르

왜 자꾸
웃는 거지?

그 애
이름은
헤이든이야.

마마!

편지에 썼긴 한데
혹시 까먹었을까 봐.

......

다시
알려줘서
고맙군.

솔직하게
털어놓을 생각은
없는 것 같은데,

그렇다면 이 여자는
날 어떻게 속일 생각일까.

처음으로
아들을 본 소감은?

내가 저를
임신시킨 적이
없다고 하면,

내가 술에 취해
기억을 못하는 것뿐이란 식으로
대충 둘러댈 생각인가?

이 아이,
당신이랑
판박이군.

당신을
안 닮아서
아쉬워?

……

하하.

그럴 리가
있나.

제 12 화

어쩐지
집이 편안하게
느껴지는데.

그간 전쟁터에서
개고생해서 그런가.

랭스터 중위!

전쟁도 끝났고,
집사로 복귀했으니

이젠 그냥
나오미입니다.

그래,
나오미.

무사히 전역해
다시 만나니
기쁘군.

저도
기쁩니다,
주인님.

다만 저는
전역이 아니라
퇴역을 했습니다.

앞으론
어떤 전쟁이 터지더라도
저택에 남을 겁니다.

…나오미 랭스터.

10여 년 전에
루넌트 왕립 사관 학교를
차석으로 졸업한 후,

몇 년 간
군 생활을 하다가
갑자기 예비역으로
전역했다고 한다.

그후 자작가에서
하우스키퍼 일을
시작했다던가.

결혼 당시에 라니아가
집사로 고용하길
간청했을 정도로

무한히 신뢰하는
최측근….

나오미는 라니아를 위해
나를 속이면 속였지,
절대 진실을
말해주지 않을 거야.

네가 없는 동안
라니아가
힘들었겠어.

아직은 이 집이
낯설 텐데
임신에 출산까지
했으니….

제가 아니라 부군이신 주인님께서 안 계시니 심적으로 힘드셨겠지요.

그 외에는 자작가에서 데려온 하녀가 있으니

그리 불편하시진 않았을 겁니다.

글쎄, 라니아는 내가 없는 게 더 편할 것 같은데?

편지도 1년 반 동안 몇 통 안 보냈어. 보내더라도 겨우 두어 줄짜리였고.

차라리 하녀를 추궁할까? 라니아가 만나는 남자가 있는지.

나라를 위해 싸우시는 부군께 부담이 되기 싫으셨나 봅니다.

허, 그럴 듯하게 갖다 붙이기는.

저한텐 한 통도 안 보내셨습니다.

…너무했네.

……

이 일을 캐물었다간 분명 온 집안이 발칵 뒤집히겠지.

라니아는 평생
오명을 쓴 채 살아야 할 테지….

그래,
갑자기 불러 세워서
미안하군.
마저 볼일 봐.

네,
주인님.

어쩐다….

지금 당장은
이 엄청난 갈등을
빚어낼 용기가
나질 않아.

그러기엔 난
너무 지쳤어….

—반 년 후—

아장

아장

……

장해세요,
도련님!

짝짝짝짝

애가
건잖아….

이젠
보조기구도 없이
두 다리로….

아장

아장

압, 빠!

애가 더 크기 전에
슬슬 라니아와
이혼할 준비를
해야 할 텐데….

비

틀

!

도련…!

…님.

주인님 말이야.

틈만 나면 아기 방에 가신다며?

싱글벙글 웃으시면서.

이러나저러나 아드님이 예쁘신 게지.

피 한 방울 안 섞인 내가 봐도 저렇게 예쁜데 오죽하시겠어?

도련님은 정말 내 아들이었음 좋겠다 싶을 정도로 귀여우셔.

전쟁 전까지만 해도 그렇게나 냉랭하셨는데, 사람이 바뀐 것 같아.

진심이야?

불쑥

어머 깜짝이야!

그게 정말이냐고.

피 한 방울 안 섞여도 헤이든이 그렇게 예뻐?

데려다가 네 아들로 키우고 싶을 정도로?

확실히…

헤이든에 대해선
다들 나와 비슷하게
생각하는군.

내가 유별나게
이상한 건 아니야.

만약 내가
라니아를 사랑했다면

배신감에 결코
헤이든을 받아들이지
못했겠지만….

딸랑_

딸랑_

딸랑-

딸랑-

딸랑-

딸랑-

딸랑-

그림 같이 아름다운 두 사람을 보며
내가 느꼈던 감정은

딸랑-

딸랑-

사무치는 외로움이었던 걸로
기억한다.

역시 이상한가.
저 둘 사이에
내가 끼는 건….

딸랑~

친부가
찾아오기라도 하면
어쩌지?

정말 나는
라니아를

조금도 사랑하지
않는 걸까?

앞으로도 쭉
그녀를 사랑하지 않을 건가?

잠시 동안만이라도
그냥 이대로….

만약 그렇다면,

막연히,

아빠!

이게 말도 안 되는 연극이라면
잠깐 등장하고 사라지는
조연이라도 되고 싶었다.

아빠!

미친 여자
같으니…!

끼익-

헤이든.

어, 엄마.

수업은 잘 들었니?

혹시 엄마랑….

선생님께서 숙제를 잔뜩 내주셔서….

탕

달칵

그 전화는
주인님께서 특별히
이곳 고용인들을 위해
설치하신 겁니다.

이 집에 머물
자격도 없는 사람이
그런 걸 함부로
만지다니

관리인으로서
몹시 불쾌하군요.

제가
이 집에 온 지
벌써 나흘째예요.

지금까지
펠릭스를 간호하느라
죽은 듯이 지냈다고요.

그저
총기 사건의 피해자로서
경감님께 수사 현황을
여쭤봤을 뿐이에요.

수사에 진척이 있으면 주인님께서 알려주실 겁니다.

기왕 나흘간 죽은 듯이 지낸 거 남은 날도 그렇게 보내시죠.

…나오미 랭스터.

……

주점에서 우연히 들었는데,

당신, 왕립사관학교 출신 장교였다면서요?

파르티아 전쟁에도 참전했다고…

같은 여자로서 존경스러워요.

하니 얼른 이 공간에서 나가주시기 바랍니다.

저는 당신에게 존경받고 싶은 생각이 털끝만큼도 없으며

제 개인사에 대한 이야기는 더더욱 나누고 싶지 않습니다.

사람을 죽여본 적 있는 사람은 살인에 거리낌이 없는 법이죠.

단도직입적으로 말할게요.

전 사실 펠릭스를 쏜 범인으로 당신과 백작 부인을 의심 중이에요.

헤이든이 아무리 영악하다 한들 설마 그 나이에 살인 청부를 했으리란 생각은 안 들어요.

하지만 백작 부인과 그녀의 충실한 심복인 당신이라면 가능성이 상당히 높죠.

……

신분에 어울리지 않게
좋은 원단으로 만든 의복에
보석 액세서리까지 갖췄군….

로라 브롭은
가난하지 않은 건가?

도련님께선
영악하신 게 아니라
영리하신 겁니다.
상대방의 수준에 맞게
행동하신 거죠.

그 외에는
말할 가치도 없지만,
저를 의심하시는 건….

합리적이군요.

계속 의심하셔도
좋습니다.

과연
당신이

무엇을
할 수 있을지는

잘 모르겠지만요.

제 13 화

The Unwelcome
Guests of
House Fildette

똑똑

헤이든─
방에 있니?

똑똑

헤이든─

……

끼익─

도련님께선
아마 마구간에
가셨을 겁니다.

루크가
거기서 강아지를
돌보고 있거든요.

상당히
긴장하신 듯합니다.
괜찮으신가요?

아….

다들 그만 가자.
서두르지 않으면
기차 시간에 늦겠어.

안 돼!

가지 마…!

괜찮아?

라니아…

왜…

나를

두고 갔어?

뭐?

두고 가다니?
난 계속 방에
있었는데.

웬일로 당신이
아침이 지나도록
안 일어나나
싶어서…

……

무슨
이상한 소릴
하고 있어?!

내가 왜
늦잠 자는 남편 옆에
죽치고 앉아 있어야
하는데?!

얼른 일어나!
벌써 해가
중천에 떴으니까!

구박하는 걸 보니
이건 꿈이 아니군….

뭐라고?!

…아무것도
아냐.

며칠째… 같은 꿈….

토비가
그새 많이
큰 것 같아.

꼬리에도
흰털이 생겼네

폴짝

강아지는
하루가 다르게
자라요.

다 루크 네가
토비를 잘 먹인
덕분이지!

정말
대단해!

별 것도 아닌 걸로~
고마워요~

빙글

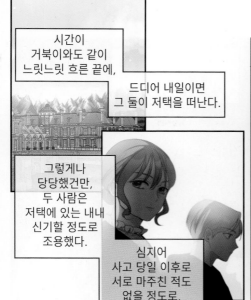

시간이
거북이와도 같이
느릿느릿 흐른 끝에,

드디어 내일이면
그 둘이 저택을 떠난다.

그렇게나
당당했건만,
두 사람은
저택에 있는 내내
신기할 정도로
조용했다.

심지어
사고 당일 이후로
서로 마주친 적도
없을 정도로.

병원에서
그 난리를 피웠으면서
잠잠하다니
수상해.

다른 꿍꿍이가
있는 건
아니겠지?

흥,
뭣하면 아버지께서
추방령까지 내리신댔으니
괜찮겠지.

하지만 그들이 떠난다 해도
아직 내게는 해결해야 할 문제가 남아 있다.

발라당

그건 바로…

생각하기도 싫은
'그 사건' 이후로

엄마와 내 사이가
불편해졌다는 것이다.

내가 피하는 걸
눈치채셨는지,

엄마는 줄곧
죄인이라도 된 것처럼
안절부절못하면서

멀찍이서 슬쩍슬쩍
날 바라만 보고 있다.

내게 보여선 안 될 것을
보였단 생각에
부끄러우신 거겠지.

죄책감도
느끼셨을 테고….

물론 나도 엄마랑
대놓고 그 주제로
대화할 용기는 없어!

후우우우우우

도련님…
또 인생이
고달프세요?

내가 예전에
엄마한테 농담 삼아
애인을 만들라고 한 게
문제였을까?

그 일은 내가 입다물기만 하면
아무 문제없이 넘어갈 수 있어.

당사자들이 아빠한테
털어놓지 않는 이상…

하지만
그럴 일은 없겠지.

일부러 들킬 생각이
있는 게 아니라면.

아빠한테는
죄송한 일이야…

그래도,

사기꾼이긴 해도
남편의 전애인과 사생아가
집에 들이닥치는 걸 보게 된
엄마도 불쌍해…

울컥

하지만 나도
이 상황이
너무 힘겨운데…

엄마 아빠는
정말로 서로를
전혀 사랑하지 않았을까?

두 분은 평생 이렇게
서로를 미워하면서
살아야 하는 걸까?

무섭고
불안해.

나마저
지쳐버리면

어느 날 갑자기
우리 가족이
산산조각 날까 봐…

헤이든—

요즘 정말 여길 자주 오는 모양이구나.

집에서 통 너를 보기가 힘들어…

어, 엄마…

루크, 미안하지만 잠깐 자리 좀 비켜주겠어?

넵! 바로 사라지겠습니다!

토비도_가자~

헤이든,

괜찮다면 잠시 시간 좀 내주겠니?

엄마가 네게 꼭 하고 싶은 말이 있어서…

아….

꿀꺽

어떡하지… 난 아직 마음의 준비가 안 됐는데…

또다시 원치도 않는 사실을 알게 될까 두려워….

무, 무슨
이야기를…

하시려고요…?

헤이든,

사실
나는,

살랑-

베네딕트를
많이 사랑한단다.

…나는 네가 내 비뚤어진 마음을 평생 이해 못하길 바라.

하지만 부디 이것만큼은 알아주렴.

…남들은 하찮다고 비웃겠지만,

자존심 강한 여자로서,

지금 네게 고백하는 이 마음이,

내게는 그 누구에게도 털어놓지 못한 약점이라는걸.

아주 오래 전,
내가 베네딕트를
처음 봤던 날에도,

그는 나를
한 번도 돌아보지
않았지만,

제 14 화

The Unwelcome
Guests of
House Fildette

엄마의
복잡한 마음을
전부 이해해서
슬펐던 건 아니다.

파스스

엄마의 그
비뚤어진
마음이란 게
어떤 건지

아주 조금,
알 것 같기도
했지만

그냥
뭐랄까,

그 마음이 아름답게
반짝인 순간들도
많았을 텐데

하필이면 내게
가장 일그러진 모습을
들켜버린 엄마가

가여웠다.

먼저 가볼게.
점심은
거르지 말렴.

요즘 다들
제대로 먹질 않아서
녹스 부인이 무척
속상해하고 있단다.

정성을 다해
요리한 보람이
없다면서.

내가 사랑하는 사람이
나를 사랑하지 않는 건
상상만으로도 무서운 일이야.

엄마도 오랫동안
슬프고 두려웠겠지.

그 마음이 계속 쌓이면
비뚤어지게 되는 걸까?

정략결혼을
하셨댔지?

그러면 아빠는
엄마를 조금도
안 사랑하셨을까?

그건 좀
너무한데.

언젠가 엄마께
아빠를 한 번 믿어달라
말씀드려야겠다.

하지만 엄만
늘 아빠를
차갑게
대하시는걸…

하긴,
엄마는 아빠가
다른 여자에게
관심이 있다고
생각하셨지.

생각해 보면
아빠가 연회에서
다른 여자와
단둘이 있는 건
한 번도 본 적이 없어.

항상 우글우글하게
둘러싸여 계셨지

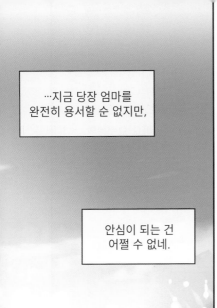

…지금 당장 엄마를
완전히 용서할 순 없지만,

안심이 되는 건
어쩔 수 없네.

엄마가 나처럼
아빠를 사랑한단 걸
알게 된 것만으로도
기뻐….

혹시 모르지.
아빠도 엄마처럼
마음을 숨기신
걸지도….

다른 여자들이랑
한 번도
안 만나셨댔어!

게다가
엄마 아빠는
늘 한 침대에서
주무시잖아.

그러고 보니 예전에
노부인들이 그랬지.

사랑 없이도 한 침대에서 자고
아이를 만드는 건
부부의 의무지만,

사이가 정말로 나쁘다면
결코 한 침대를 쓸 수 없다고.

만약 내가
토비랑 같이 잔다면
난 밤새 토비를 끌어안고
뽀뽀도 할 거야….

그러니 분명
엄마 아빠도….

으, 바보! 토비는 귀여운 강아지니까 그렇지!

엄마 아빠는 아니잖아!

아니지….
대신 두 분은
엄청난 미남미녀시잖아.

아, 됐어.
이제 더는
생각 안 할래.

어른의 세계니까

어린이인 내가 이런 쓸데없는 고민을 하는 건 다 엄마 아빠 잘못이야!

내가 매번 쉽게 용서하니까 또 넘어갈 줄 아시나 본데!

이번엔 내 마음이 다 풀릴 때까지 마냥 착하게만 굴진 않을 거야!

뭐야,
그만 먹게?

억지로라도 먹고
소화제를 먹든가 해!
며칠째 깨작거리기만
하지 말고!

생각 없어.
소화도
잘 안 되고.

......

왜 화를
내는 거야?

그래서
애 딸린 과부가
될까 봐 그래?

왜, 내가
굶어 죽기라도
할까 봐?

......

라니아…?

아버지!

엄마한테
사과하세요,
얼른!

…방금 그 말은
사과하지.

당신이
그렇게 놀랄 줄은
몰랐어.

어째서
엄마 마음을
몰라 주시는 거예요?

말투는 좀 퉁명스러워도
아빠에 대한 애정으로
걱정하고 계시잖아요!

그….

흠….

네 엄마
체하겠….

내가
애 딸린 과부가
되는 게 뭐 어때서?!

아니,
내 말은…

어디서
뭘 하려고?
당신은 외출을
잘 안 하잖아.

세인트 글로리아
상점가에 갈 거야.
지난 달 오픈식 이후로
안 가봐서.

그럼 나도
함께 가지.

헤이든,
너도 같이 가자.
오랜만에 가족끼리
외출하는 거야.

잠깐 기다리렴.
자잘한 업무
하나만 끝내고
갈 테니까.

마침 저도
오늘 서점에
가려고 했어요!

지난 번에 못 산 책이
드디어 입고됐거든요!

근데 아빠,
일단은 식사부터
제대로 하세요!
안 그럼 안 갈 거예요!

알았다….

…있잖아요, 엄마.

으, 응?

엄마는 아빠의 어디가 그렇게 좋아요?

히끅

……

……

……

브롭 씨네 일로 아빠가 더 미워지진 않던가요?

생각보다 그 문제로는 안 싸우시는 것 같아서요.

다음에 말해주면 안 될까?

지금은 그 얄미운 얼굴만 생각 나서.

꾹꾹 참고 있는 거야.

베네딕트가 그 둘은 사기꾼이랬고,

내일 아침 기차편으로 떠날 테니까.

엄마는 아빠를 믿으시는군요.

역시 사랑의 힘이려나~?

히쭉

걱정 마세요 남들 앞에선 안 놀릴 테니까.

으응….

고마워, 헤이든.

전 절대
이 집을 떠나지
않을 거예요.

일단 네가
다 나은 후에
베네딕트가 널 다시
찾게 만들면 돼.

네가 갑자기
총에 맞는 바람에
일주일이나 붙어 있을 수
있었던 거야.

이게
아니었음
진작에—

제가 총에 맞은 게
다행한 일인 것처럼
말씀하시네요?

넌 무슨 말을
그렇게 하니?
그럴 리가 없잖아!

엄마한테
말을 해도
어쩜…!

물론,
여기 있고 싶은
네 마음은 이해해.

아직 몸도
다 안 나았고,
암살 시도가
또 있을 수도 있고.

하지만,
이곳 사람들이
생각보다 그리
만만치가 않거든.

정말로 널 쏜 범인이 백작 부인이라면 범인은 못 잡을 게 뻔하고.

여기에 있든 밖에 있든 위험한 건 마찬가지야.

그래서 이대로 도망치란 말이에요?

싫어요. 그 재수 없는 꼬맹이가 잘난 척 으스댈 걸 생각하면…

그 자식이 얄미워 죽겠단 말이에요.

그 자식은 아버지 자식으로 인정 받고 사랑 받으면서 살아왔는데 나는…

쫓겨나는 건 버림받는 거나 마찬가지라고요!

어머니가 원망스러워요.

왜 나를 이런 천대받는 존재로 태어나게 해서는….

넌 왜 매번 그런 식으로 엄마를….

제발 답답하게 굴지 좀 마세요!

제가 하라고 한 건 제대로 하셨어요?

보여주시란 말이에요.

자식을 차별하면 어떻게 되는지.

저벽

저벽

♪~

♫~

필데트
백작님?

아버지!

아버지….

중얼···

···날
받아줘요.

날
사랑해줘요,
아버지···.

제 15 화

The Unwelcome
Guests of
House Fildette

신사분들은 벌써 지치신 모양이네요.

하긴, 남자들은 쇼핑을 안 좋아하죠.

쿠웅-

몇 군데 돌았을 뿐인데 벌써 지쳐요.

쇼핑이란 건 힘드네요.

여자들이란. 하루에도 몇 번씩이나 옷을 갈아입다니 대단도 하지.

참, 아빠!

전에 제가 말씀드린
와인 가격 폭등 건은
어떻게 됐어요?

아아,
그거라면….

와인을 주조하는
수도원에서
암중에 폭리를 취해

와인값 폭등을
주도하고 있었단다.

네에?

영주가
성직자들 일에
직접 간섭하는 게
썩 보기 좋은 일은
아니지만…

아무튼
비리에 연루된 자들을
어떻게 처벌할지
적절한 방안을
논의하는 중이야.

와인은
곡식으로 빚는
술이 아니니까
영지민들의 숨통을
조금이나마 트이게 해줄
요량이었는데

도리어 영지민이
박탈감을 느끼게
만들었으니…

신뢰를 잃었을까
걱정이구나.

아빠… 요즘 밤늦게 들어오시던데 정말 열심히 일하시는 중이었구나….

사람이 어떻게 늘 완벽할 수 있겠어요?

노력해서 다시 신뢰를 쌓으면 돼요!

사람들도 분명 아빠의 진심을 알아줄 거예요.

……

네가 언제까지고 어린아이로 있으면 좋겠다 싶으면서도

얼른 커서 필데트 백작이 된 모습도 보고 싶구나.

저한테 빨리 일을 시키고 싶으신 거죠?

옛날부터 널 아들로 삼고 싶다며 욕심내는 사람이 많았거든.

그런 괘씸한 생각을 할 수 없도록 필데트 도장을 찍어 버려야지.

흠… 어째서 제 의견은 묻지도 않으시는 거죠?

제가 지금의 제 자리에 만족할 거라 생각하신다면 크나큰 착각이에요.

만약 아빠보다 더 능력 좋고 훌륭한 사람이 나타나 진짜 제 친부라고 주장한다면

혹시 알아요? 제가 흔들릴지 어떨지.

허….

혹시나 그런 놈이 찾아온대도 믿으면 안 된다? 그놈은 사기꾼이니까!

네 아빠는 나뿐….

농담이에요.

흥

전에 아빠가 나한테 하신 악질 농담에 대한 복수야.

아, 그래.

저는 그냥 엄마 아빠 아들인 게 좋아요.

가문과는 상관없이요.

······.

내가 귀족이 아니라 가난한 농부였어도?

흥...

집이 가난해도 어쩔 수 없죠.

저는 똑똑하니까 의사나 변호사가 돼서 가족들 입에 풀칠은 할 수 있을 거예요.

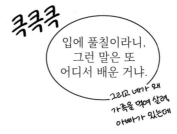

쿡쿡쿡

입에 풀칠이라니, 그런 말은 또 어디서 배운 거냐.

그리고 네가 왜 가족을 먹여 살려 아빠가 있는데

물끄럼....

됐어,
그럴 필요 없어

저벅

무슨
문제라도
있어?

머엉—

잘 생겼다...

야차...

부,

부인께서
둘 중 어느 게 나을지
계속 고민하셔서

제가 백작님께
의견을 구해보는 게
어떻겠냐고—

필요 없어.

예...?

둘 다
안 살 거야.

내가 아까
봐 둔 게
있는데.

이게 더
괜찮지 않나?

당신
눈 색과도
어울리고

당신은 눈이 크니까
보석은 좀 더 작은 게
조화롭달까—

어머,
세상에!

백작 부인의 눈이
보석 같다고
생각하시는군요!

......

아무튼 이건 내가
선물하는 걸로 하지.
아침에 화낸 것에 대한
사과의 뜻으로.

······

시큰둥—

···마음에 안 들면
다른 걸 사면 되니까.

마저
구경해.

후아아암

아빠는
엄마 선물을
잘 골라주셨으려나~

이상한 거 줘서
화나게 하는 건
아니겠지?

이크,
입에 벌레
들어가겠다.

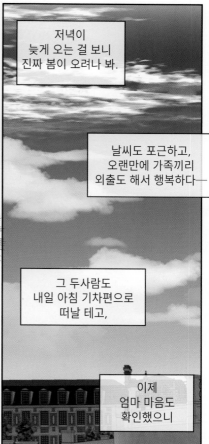

저녁이
늦게 오는 걸 보니
진짜 봄이 오려나 봐.

날씨도 포근하고,
오랜만에 가족끼리
외출도 해서 행복하다―

그 두사람도
내일 아침 기차편으로
떠날 테고,

이제
엄마 마음도
확인했으니

이후
나의 계획은….

지금까진
두 분이 서로를
너무나 싫어하신다고
생각해서

엄마 아빠
각자의 마음을
풀어주려 노력했다면!

앞으로는
두 사람을 이어주는
사랑의 큐피드가
되는 거야!

엄마의 마음을
조금씩 전달하면
아빠도 분명 엄마를
사랑하시게 되겠지?

꽃 사세요-

꽃 사세요-

거기 멋진 신사분, 꽃 좀 사주세요.

!

그 꽃 얼마야?

후다닥

1로니예요.

1로니? 그거밖에 안 해? 난 데니아밖에 없는데….

어머, 도련님! 잠시만요!

얘! 여기 7번가에선 길에서 구걸하거나 물건을 파는 게 금지되어 있어.

도련님, 이러시면 안 돼요. 이 일이 소문이라도 나면 거지들이 몰려온다고요.

무슨 일이지?

헤이든이 저 소녀의 꽃을 사려고 했나 봐. 여긴 그런 게 금지거든.

곧 6번가 서점에 갈 거니까 그리로 오라 하면….

굳이 왜 그렇게까지?

비밀로 하라 하고 바구니에 몰래 돈을 넣어 주면 되잖아.

빼빼 마른 게 거기까지 갈 기력도 없어 보이는데.

흐음…?

…어쩔 수 없어요. 이게 글로리아 상점가의 규칙이에요.

그래군요… 알겠어요. 걱정 말고 가 보세요.

내게 선의가 있었대도 규칙을 어길 순 없지.

미안해. 꽃은 사줄 수가 없게 되었어.

그런데 네 이름은 뭐야?

모나예요.

소곤

모나, 난 헤이든이야.

난 이제 6번가에 있는 서점에 갈 거야. 거기서 기다릴게.

6번가는 여기서 가까우니까 우리 또 만날 수 있겠지?

윽, 저녀석.
벌써부터 여자에게
신사처럼 굴잖아….

신사는 무슨,
남자가 저렇게
가벼워서야.

나중엔
피곤해질텐데….

헤이든은
매너있게 행동하는 거야.
가벼운 게 아니라.

아….

저기….

희번득

제 16 화

The Unwelcome
Gues
House

아⋯.

아아⋯.

그 총기범이라면
진작에 아그리스를
떴을 거라니까요.

이렇게까지
인력을 총동원해서
수사를 진행했는데

어떻게 아그리스에
남아 있을 생각을
하겠습니까?

놈은 펠릭스를
죽이는 데에
실패했습니다.

본래 청부업자는
임무를 완수해야만
보수를 받습니다.

또한 어쩌면
실제 타깃이 펠릭스가 아닌
헤이든 도련님일 수도 있단 점을
간과해선 안 됩니다.

어느
순간부턴가

일하는 공작사들이
내 눈과 귀를
막으려 든단 건
알고 있었어.

필데트 백작령은
아무 문제 없이 평화로우니
신경 꺼도 괜찮다면서.

바로 옆나라 파르티아의
국왕이 처형되고
귀족들의 성이
모조리 불탈 당시,

아버지는 내게
왕족이나 귀족들이
권력을 휘두르는 시대는
끝이 날 거라 경고했지.

"고고하고
우아하게 군림하되,
정치는 하지 말라."

이제 이건
이 시대 우리네의
암묵적 규칙이 됐어.

정말 그렇게만 하다
파산하고 거지꼴이 된
귀족들이 많지.

하지만 난 아냐.
혈통이 아닌
자본의 권력을 쥐고자
꾸준히 사업을 키워왔고

내 가족을 위해
언제든 그 규칙을
깨버릴 용의가 있어.

하지만
그러기 위해선
명분이 필요해.

문서 위주로
조사할 테니

나오미는 한동안
집사가 아닌 감찰관 자격으로
아그리스를 비롯한
백작령 전체를 감찰해.

감찰은 여전히
영주 고유 권한이거든.

저택 일은 일정량
하녀장에게 일임하고,
혹시 인력 충원이
필요하면….

인력 충원은
필요 없습니다.

마님께서 워낙에
저택을 꼼꼼히
관리하셔서

제 자리가
위태로울
지경이거든요.

네가 지금 귀족 편을 드는 거야?!

그놈은 악마에 가짜라니까!

헤이든 도련님은 그런 분이 아니—

멍청아!

열두 살짜리 꼬맹이가 사람 죽이는 걸 사주했다고!

이 자식들! 그만 두지 못해?!

야, 튀어!

X발!

저놈들 전부 잡아!

거참, 요즘 민심이 이렇게나 안 좋습니다.

말세예요, 말세.

평화롭던 백작령까지 이 모양이라니, 혹 파르티아 꼴 나는 건 아닐지…

젊은 것들은 재산을 몰수해 공평하게 나눠야 한다는 둥 헛소릴 하고 다니고….

혈통에서 비롯된 권위를 무너뜨리고자 한다면 가장 먼저 혈통의 정통성과 고귀성을 훼손하게 마련이지.

하나 헛된 일이야. 필데트는 이제 혈통에 의한 권력자가 아닌 억만금을 운용하는 사업자로서 이 땅 깊숙이 뿌리내린 거대 경제 주체니까.

어찌되었든 일련의 사태가 필데트의 권위를 무너뜨리려는 누군가의 시도라면,

관료의 부정부패는 훌륭한 수단으로 쓰이게 된다.

폭도가 들끓고
민심이 흉흉하다는데

이상하게도
관련 범죄의 처벌 건수는
전혀 늘지 않았어.

우선은 로크 경감과
순찰을 돌아보도록 해.

로크 경감님.

잠깐 경찰서까지
동행 부탁드려도
되겠—

나오미 경!

큰일 났어요,
나오미 경!

무슨 일이지,
루크?

헤이든
도련님께서…!

데런!

헤이든은
괜찮아?

간단한
수술이라며!
왜 이렇게
오래 걸렸어?

가장 가는 실을 써서
장인 정신으로
한 땀 한 땀 봉합하느라
오래 걸린 거야.

헤이든이라면 괜찮아.
수술 끝나자마자 곧장
2층 병실로 올렸어.

살짝 비껴갔는지
걱정한 것보단
상처가 깊진 않아.
흉은 지겠지만…

이마 위쪽이니까
머리카락으로 가릴 수는
있을 거야.

그런데 왜 애가 아직도 정신을 못 차려?

출혈이 심해서 제법 놀랐을 거야.

금방 깨어날 테니 걱정 마.

붕대를 더 감아야 하는 건 아니고?

통풍이 안 되면 오히려 안 좋아.

베네딕트, 걱정 마. 그보다….

혹시 모를 응급 상황에 대비해 하루이틀 입원하거나 최소 병원 근처에 있길 추천하고는 싶지만

오늘 그런 일도 있었으니 비밀리에 내 집으로 옮기는 게 더 안전하지 싶어.

…그래, 그게 좋겠군.

오늘 밤은 이 근방 경계를 강화하고….

라니아.

당신은 저택에ー

덜덜덜_

덜덜덜...

...라니아에겐
담요라도
갖다 줘.

뭐?

저런 쓰레기
같으니라고.

남편이란
놈이...

돌을 던진 남자는 꽃 파는 여자아이의 오빠라더군요.

특정한 이상 금방 잡힐 겁니다.

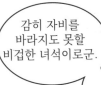

감히 자비를 바라지도 못할 비겁한 녀석이로군.

어린 동생을 미끼 삼아 어린아이를 공격해?

자칫 헤이든이 죽을 수도 있었어!

도대체 왜 그런 짓을 했지? 동생 쪽은 알고 있던가?

누군가가 사주했다는 모양입니다.

여자아이 쪽은 학대를 당한 흔적이 있는 것으로 보아 단순 이용당한 것 같습니다.

도대체 왜 그 어린애한테 돌을 던지라고—

…하, 설마 그 파렴치한 소문 때문에?

돈에 눈이 멀어 약자를 공격한 비겁한 놈일 뿐입니다.

또한 주인님께서 예상하신 대로 로크 경감에게서도 수상한 정황이 포착되었기에

오늘부터 제가 수사 과정 전체를 감찰할 예정입니다.

잘 부탁하지.

로크에게서 먼저 비리를 캐내야 내가 적극적으로 개입할 명분이 생겨.

우리 가족이 글로리아 상점가에 간 건 어떻게 안 거지?

6번가에서 상점가로 가는 차를 봤다고 합니다.

물론 그것과는 별개로 오늘 사건과 관련된 모든 자들은 평생 감옥에서 썩을 테지만.

6번가에서?

그렇다면 서점에서 기다리려다 글로리아 상점가로 왔단 건데…

오늘은 헤이든이 좋아하는 도리안 체스터의 신간 초판 사인본이 입고되는 날이었어.

서점 주인에게서 전화가 왔지. 헤이든을 위해 한 권을 겨우 구했다고.

헤이든이 자주 서점을 방문하고, 이 작가의 팬이라는 점,

그 작가의 한정판 도서가 입고된다는 정보,

이 모든 걸 아는 누군가가 오늘 일을 꾸몄다고 생각하는 건…

지나친 확대 해석일까?

아닙니다.
염두에
두겠습니다.

그리고
로라와 펠릭스는
내일이 아니라 지금 당장
아그리스 밖으로
추방해야겠어.

그리 좋은 생각은
아닌 것 같습니다.

이 상황에서
그들을 일방적으로
추방하면,

사람들은 도련님이
가짜라는 걸 감추고자
진짜를 쫓아낸다고
오해할 겁니다.

또한 저들이 만약
일련의 사건들과
관련이 있다면

죄인을 자유롭게
풀어주는 것이나
마찬가지입니다.

도련님의
명예 회복을 위해
곁에 붙잡아 두고
낱낱이 파헤쳐야
합니다.

그건 좀 더
고민해보겠어.

......

그럼
전 이만―

가기 전에
라니아 좀
위로해주고 가.

애가 폐렴에 걸렸을 땐 아무렇지도 않아 하더니만…

피를 봐서 그런지 이번 일은 좀 놀란 모양이야.

마님께선 도련님께서 폐렴에 걸리셨을 때도 많이 힘들어 하셨습니다.

자존심이 강하셔서 약한 모습을 들키기 싫어하시는 것뿐입니다.

추적

추적

천사 같은
우리 아가가
나쁜 어른들 때문에
자꾸 아프네.

우리 아가 대신
내가 돌에 맞았더라면
좋았을 것을….

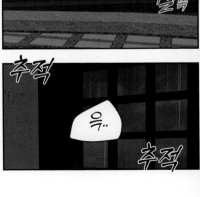

제 17 화

The Unwelcome
Guests of
House Fildette

당신은 그냥 저택에 돌아가는 게 좋겠어.

병원 근처에 차 대기 시켜놨으니까 그거 타고 가. 바래다 줄게.

헤이든은 내가 지키고 있을 테니 걱정 말고

그 구둔지 고문 기구인지 모를 것도 당장 벗고, 내가—

끼익

싫어.

왜 갑자기 나한테 신경을 쓰고 그래?

그리고 내가 어떻게 헤이든을 두고 가.

헤이든은 괜찮아. 정신도 차렸고, 지금은 곤히 자는 중이잖아.

당신이 그렇게까지 걱정할 일은 아니야.

탁

헤이든이 다친 게
별것 아니라는 거야?

이번 일이
비극이 아니라는 게
아니야.

하지만 이미
벌어진 일이고
남자애들은 원래 잘 다쳐.
난 저 나이 때
더 크게도 다쳐봤어.

당신이 너무
힘들어 하는 게
나는…

그걸 보는 게,
난…

…불편해.

…허.

그래…
정 그렇다면야
내가 저택에
돌아가야겠지.

지금 당장
로라와 펠릭스를
쫓아내겠다고 하면
그렇게 할게.

왜 아직도
안 쫓아낸 거야?
이번 일이 벌어진 것도
다 그 버러지들
때문이잖아.

......

...그건 당장은
어려울 것 같아.

...뭐라고?

오늘 내내
날 피하던 게
그래서였구나.

당신, 처음부터
그 여자를 계속
집에 둘 생각이었어…

뭐?

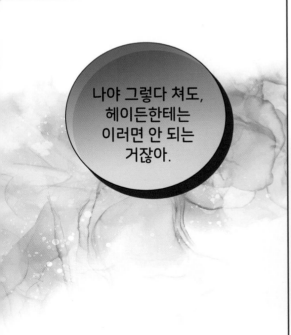

나야 그렇다 쳐도,
헤이든한테는
이러면 안 되는
거잖아.

헤이든이
돌에 맞아서
머리가 깨졌어.

피를 잔뜩 흘리며
쓰러졌단 말이야.

하긴,
그 지저분한 여자가
당신이랑 어떻게 놀아났는지
알 만한 사람은
다 알 테지.

당신 말을
어떻게든 믿어보려 한
내가 바보 천치였어.

헤이든이
이 지경까지 됐는데
그 둘을 계속
저택에 두겠다니,

펠릭스가
당신 아들이라고
아예 신문 광고를
내지 그래?

…아니라고
했잖아.

당신 부모님은 지금 지구 반대편에서 사업 중이잖아.

필데트가 투자한 돈으로.

왜 갈 데가 있는 것처럼 말하지?

연락하는 친척 한 명 없고,

당신의 그 고고한 성격 덕분에 여자란 여자는 저택 내에 발도 못 붙이니 친구 하나 없고,

그렇다고 당신이 아무 사람 집에 얹혀 살 위인은 아니잖아.

아니면, 헤이든과 단둘이 별장에서 지낼 건가?

피식

근데 그건 내가 열쇠를 줘야 가능한 일 아닌가?

당신이 아는 게
전부가 아니야.
나와 헤이든이 지낼 곳은
얼마든지 있다고.

도대체 내가
뭘 모르는지
참 궁금하네.

어디 한 번
말해 봐,
라니아.

내가 모르는,
당신이 믿는 구석이
뭐가 있는지.

랜든하고는
몇 번 만나다가
끝냈다면서.

아니면 뭐,
다른 놈이라도
있는 거야?

아그리스에 떠도는
추잡한 소문 때문에
날 정말로 그런 여자라
생각하는 거라면,

그래,
맘대로
생각해.

난 분명히 말했어.
헤이든이랑 난
그 집 안 들어가.

당신이나
그 둘이랑 하하호호
잘 살아 봐.

……

당신도
잘한 거
없잖아.

나도 당신이
내 빌어먹을 동생 새끼랑
붙어먹은 걸 생각하면
하루에도 몇 번씩
피가 솟구쳐.

그러니까
더러운 꼴 보기 싫어서
나가겠다는 건
좋은 핑계가 아니야,
라니아.

당신은 이제
그런 말을 할
자격이 없거든.

뭘 하든
집 안에서 해.
나갈 생각 말고.

싸아아아

번쩍

꾸익

덜컹.

······.

헤이든?
일어났니?

헤이든···.

꽝

안 돼⋯⋯.

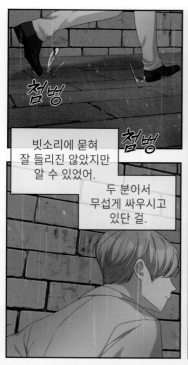

첨벙

첨벙

빗소리에 묻혀
잘 들리진 않았지만
알 수 있었어.

두 분이서
무섭게 싸우시고
있단 걸.

왜 싸우신 걸까?

분명 오늘 내가
가짜란 소릴
들어서겠지?

답답해서
숨이 막혀…

난 가짜가 아닌데…
난 틀림없는
엄마 아빠의
아들인데….

이제는 두 분이
싸우실 때마다

내가 정말로
가짜일까 봐
무서워…

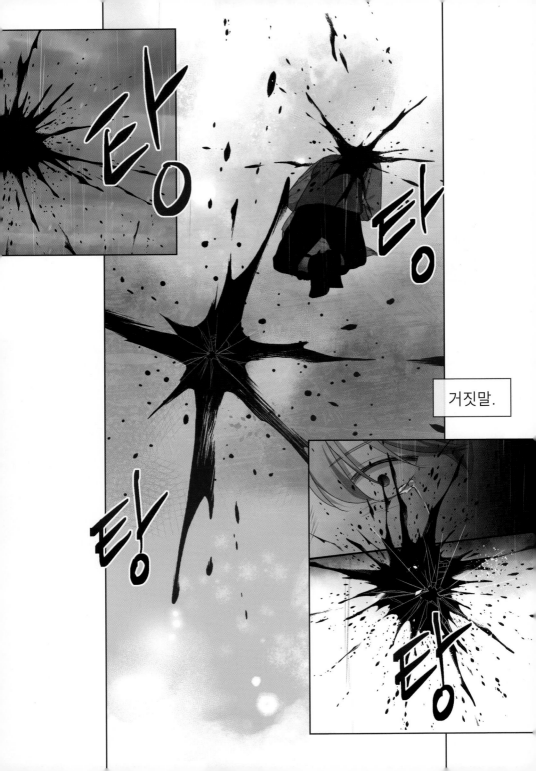

거짓말.

처음부터 타깃은
펠릭스가 아닌
헤이든 도련님이었다.

도련님께서
머무시던 방 창문에
누군가가 침입한 흔적이
남아 있더군요.

긴박한 상황이라
난사를 했는데,

놀라셨을
도련님께
죄송하군요.

그래서 급히 추적했는데…
너무 늦진 않은 것 같아
다행입니다.

누군가,
도련님의 목숨을 노리는
배후가 있어.

제 18 화

아빠는

숨이 막힐 정도로
나를 꽉 끌어안고 계셨다.

총성이
더는 들리지
않을 때까지

모든 총알을 다
막아주시려는 것처럼.

괜찮아.

괜찮아,
헤이든.

하아...

하아...

하아...

저벅

집에 안 계시길
천만다행입니다.

하마터면
큰일날 뻔
했습니다.

전 경찰을
불러오겠습니다!

부탁해,
루크.

으흑,
아빠…

나 때문에
아빠가….

헤이든,
괜찮아?
다친 덴 없어?

난 괜찮은데
아빠가…

아빠는 괜찮아.
얼른 돌아가자.

죄송해요,
죄송해요,
아빠.

아니야,
아빠가 미안해.

다 아빠 잘못이야.
아빠가 계속 너를
힘들게 해서 미안해.

데런 아저씨한테
다시 치료 받고
집에 가자, 응?

으흐으윽….

저벅

저벅

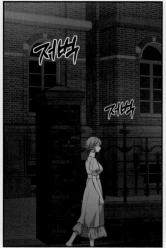

저벅

저벅

당신은 내가 제일 끔찍한 사람이 된 것 같은 기분이 들게 하거든.

…난 당신이 참 싫어.

당신은 아들을 구하려 총 앞에 뛰어든 헌신적인 아버지고,

나는 끝까지 감정에 못 이겨 소리만 질러대는 한심한 여자로 남아서.

…내 안의 뭐가 이렇게 모나고 비뚤어졌는지

…다친 당신에게 달려가 안아주는 것도 못하겠네.

차라리 다 체념하면 괜찮아질 것 같은데…

나 혼자 당신을 원하고 바라면서 악쓰는 걸 그만 두면….

아들을 내몰고 당신을 잃을 뻔 했는데도,

이 마음이
지치지도 않아.

내가
이렇게나
지독해.

…헤이든만
아니었으면
당신과 결혼한 걸
마음껏 후회라도
했을 텐데.

내가 이렇게
추해질 줄 알았으면
당신을 선택하지
않았을 거라고.

쏴아아아

바보 같이
이러지도 저러지도
못해서

난 항상
비명만 지르고
있어….

파르티아
죄수네요.

네?

파르티아에선
강력범의 손목에
문신을 새깁니다.

이 문양은
사형수란 뜻이에요.
그 옆은 죄수 번호고.

파르티아 놈들이
걸핏하면 국경을 넘는단
얘길 듣긴 했지만…
설마 아그리스까지
올 줄이야.

심지어 사형수라니!
파르티아 전쟁 때
탈옥한 놈일까요?

아마
그렇겠죠.

돌을 던지는 건
타깃이 운 나쁘게
죽을 수도 있지만

그래도
살 확률이
높아.

살인 청부와는
목적과 결과가
확인히 달라

살인 청부는 몰라도,
돌을 던지는 것 정돈
로라와 로크 경감이
함께 꾸민 짓일지도….

저는 루넌트의
공직자입니다.
아무리 백작이라도
함부로 저를 자를 순
없어요!

그래서 감찰관이
존재하는 것
아니겠습니까.

합법적으로
무능한 인사를
정리하기 위해.

북부 후작령으로
전근 내신
하셨던데

또다시
실수하시면
뜻대로 되진
않을 겁니다.

철컥

펠릭스,
오늘 계속
초조해하는 것
같구나.

그냥…
백작님이 늦게까지
안 돌아오셔서

오늘 일이
어떻게 됐나
궁금해서요.

오늘 헤이든에게
계란을 던지게 한 것
말이니?

……

네.

로크 경감님께서
엄마가 시킨 대로
잘 하셨을지
궁금했거든요.

통화할 때
영 내키지 않는
목소리였다 보니.

너도 그 사람과 통화했어? 언제?

오늘 낮에요.

어머니가 제대로 지시했는지, 경감님이 확실하게 알아들었는지 궁금해서….

킥킥

그런데 경감님께서 어린 게 더 악하다면서 절 비난하는 거 있죠?

도저히 안 되겠구나, 펠릭스.

이번 건을 끝으로 더는 이 일에 관여하지 말렴.

?

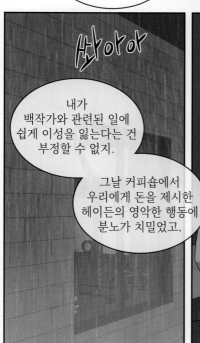

쏴아아

내가 백작가와 관련된 일에 쉽게 이성을 잃는다는 건 부정할 수 없지.

그날 커피숍에서 우리에게 돈을 제시한 헤이든의 영악한 행동에 분노가 치밀었고,

거기다 네가 총까지 맞았으니 헤이든을 괴롭히고 몰아세웠지만

그렇다고 너까지 나처럼 될 필요는 없어. 넌 아직 어린애잖니.

나쁜 건 어른이지, 그 애가 아니니 앞으로는——

소리 질러서 미안해요….

그래, 너는 총에 맞았는데 계란 세례 정도는 아무것도 아니겠지. 그런데 말이야.

헤이든은 베네딕트의 아들이 맞는 것 같아.

다 우리가 이 집에 남을 수 있게 하려고 그런 거예요.

다시는 나쁜 애처럼 헤이든을 괴롭히지 않겠다고 약속할게요.

왜 그렇게 생각해요?

그 애, 얼핏 선대 백작의 얼굴이 보여.

그 도도한 여자가 사생아인 랜든과 놀아나 애를 가졌을 턱이 없지.

생각보다 손자가 조부를 닮은 일이 꽤….

어! 저기 자동차가 와요!

백작님께서 돌아오셨나 봐요!

사람이 머리를 다치면…

바보가 된다고도 하던데….

제 19 화

The Unwelcome
Guests of
House Fildette

정말 괜찮다니까요!

진짜 진짜 하나도 안 무서워요. 여긴 우리 집이잖아요.

혼자서도 잘 수 있으니까 어린애 취급하지 마세요!

헤이든… 넌 어린애야.

평범한 어린이는 오늘 같은 날 무서운 게 당연한 거야.

나오미가 그 나쁜 사람을 해치웠잖아요!

그리고 두 분은 꼭 주무시기 전에 서로 화해하세요!

오늘은 두 분이 싸우셔서 제가 집을 나간 덕에 위험을 피했다지만

한 번 더 그러시면 그땐 정말 용서 안 할 거예요!

응….

ㅋ…

흥, 그런
괴한 따위
무섭지 않아.

언제 어디서든
아빠가 날 지켜주실 테고
엄마랑 나오미도 있고!

그래도

아빠를 영영
잃었을지도 모른단 걸
생각하면

뭉클

힝...

그건 많이
무서워….

생각보다 열도 거의 안 나는 것이,

최근에 폐렴도 이겨내고 하면서 헤이든의 면역력이 더 강해진 듯합니다.

그러니 편히 쉬세요, 부인. 헤이든은 제가 자주 들여다 볼 테니.

정말 고마워요, 데런 박사님.

저택에 하룻밤 머물러 달라는 제 무리한 부탁도 들어주시고….

전 아무래도 데런 박사님이 가장 믿음이 가서요.

박사님은 불편하시겠지만….

아, 아닙니다.

그… 마침 오늘 밤 수술도 취소됐고,

또 헤이든이 그런 일을 겪었는데 당연히 제가 책임지고 지켜봐야죠!

의료 도구도 잔뜩 싸들고 왔으니까 걱정 마세요.

그리고 필데트 부인께 신뢰 받는 건 제게 무한한 영광입니다!

그럼 쉬세요. 전 이만….

네, 걱정 마시고 좋은 꿈 꾸시면서 편안히 주무세요, 부인!

베네딕트,
나 먹을 것 좀 줘.
오늘 환자가 많아서
내리 굶었거든.

서재에 빵이랑
간식거리가
좀 있을 거야.

사용인들이 다들
자고 있을 시간이니
지금은 그걸로 때워.

그리고 출장 수당에
육아 수당까지 더해서
병원 수도관 교체랑,

의사도
두 명 더
뽑아줘.

내과 외과
각각 한 명씩

순 날강도
아냐.

......

아까

라니아가 네게
고맙다고 했지?

그러셨지.
정말 마음이
따뜻하신 분이셔.

근데 왜?

내가,

그간 라니아에게
감사받을 만한
일을 한 적이
별로 없긴 한데…

그래도
오늘 일은…
조금쯤은….

아버지가 아들을 구하는 건 당연한 거잖아.

네가 남의 자식을 구한 것도 아니고.

피식..

…그렇지.

나도 참 부끄러운 소릴 했군.

하지만 베네딕트.

그건 정말 숭고한 행동이었어.

너 정말 아버지가 다 됐구나.

아무래도
발바닥이
따끔거려서…

욱씬

욱씬

데런
박사님—

그런데
데런.

친아들이 아닌 경우에도
아버지라면 당연히
아들을 구하게 마련일까?

갸웃

?

그건 좀
이상한
거려나?

사랑하면
그럴 수도
있겠지.

꼬르르륵

으아, 배고파.
이젠 말할 힘도
없다.

그러니까
청부 살인을 의뢰한 사람과
돌을 던지게 한 사람이
별개의 인물이란 거지?

파르티아 출신의
청부업자라…

타깃이
귀족 자제이니만큼
착수금도 어마어마하게
요구했을 테니

의뢰한 사람이
보통 사람일 리는
없겠군.

루넌트 곳곳에서
폭동이 잦게
일어난다지만

본격적으로
귀족 가문을 무너뜨리고자
조직적으로 움직이는
테러 집단에 대한 이야긴
아직 들어본 적이 없어.

그야 뭐,
첫 번째 타깃으로
너희 가문을
고른 걸 수도 있고,

아니면 그냥 네게
개인적인 원한이 있는
사람의 짓일 수도 있지.

헤이든이 죽으면
네가 구렁텅이에
빠질 테니까.

누구 짐작 가는
사람 없어?
너한테 깊은 원한을
가질 만한 사람.

글쎄…

그 정도로 남에게
원한을 살 만큼
나쁘게 살진 않았는데.

랜든?

내가 늘 그 자식을 죽이고 싶어 한 것처럼

그 자식이 내게 같은 감정을 느껴도 이상할 건 없지.

근데 그놈이 그럴 배짱이 있으려나.

자칫 들켰다간 사생아로 태어나 겨우 이룬 것들을 전부 잃을 텐데.

마음 같아선 당장이라도….

파악

사적인 감정에 너무 휘둘리지 마, 베네딕트.

지금 네가 이성적으로 대처할 일이 한두 가지가 아니니까.

…네 말이 맞아.

지금 당장은 위험인물도 제거했겠다, 당분간 헤이든은 밖에 안 내보낼 거야. 저택 내에 경호원도 잔뜩 배치할 거고.

지금은 그냥…

요즘 안팎으로 너무 정신이 없어서 실수도 잦고,

중요한 것도 놓치는 것 같아 신경 쓰일 뿐이야….

헤이든 데리고
나가겠다던 거,

당신이 홧김에
그냥 해본 말이라
생각할게.

당신 안 그럴 거잖아.
예전에 당신이 한 말마따나
새삼 그럴 필요도 없고.

당신이
헤이든 때문에
나랑 억지로 산다는 거
나도 잘 알고 있어.

그래도 내가 아직은
헤이든에게 있어 제법
쓸 만한 아버지잖아.
안 그래?

…오늘,

헤이든이
돌에 맞은 이후로
내가 당신을 피했던 건

단지 내가 헤이든을
지키지 못한 것 때문에
당신 앞에 설 면목이
없었기 때문이야.

내가 내 감정만
생각하느라
비겁했어.

그리고,

당신에게
저열하게 군 것도
사과하지.

로라와 펠릭스는…?

그 둘을 여기 두려는 건 감시할 필요가 있어서야.

그 둘이 이번 사건의 배후일 가능성도 있고,

그 둘의 정체를 밝혀야 헤이든의 명예도 회복할 수 있으니.

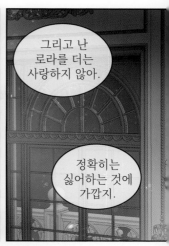

그리고 난 로라를 더는 사랑하지 않아.

정확히는 싫어하는 것에 가깝지.

믿을지는 모르겠지만, 잠결에 그 여자 이름을 부른 건 악몽을 꿨기 때문이야.

난 당신과 결혼한 이후로 그 누구도 여자로서 사랑한 적이 없어.

헤이든에게 돌을 던진 사람은 잡았어?

잡았다는군. 내일 아침 나오미가 직접 심문하기로 했어.

다음부턴 내가 묻기 전에 말해 줘.

그러지.

그리고 당신 팔은—

제 20 화

The Unwelcome
Guests of
House Fildette

쪽

?!!!

헤이든

엄마 아빠 방
문을 열기 전에는
노크를 해야지.

아…
노크하려고 했는데
싸우시는 것 같은
소리가 들려서….

싸우다니.
우리가 싸우는 걸로
보이니?

아…
아뇨….

어, 어떡해!
엄마 아빠가
아이를 만드시려
했나 봐!

그런데 왜 오늘?
아, 위기를 겪어서
더 가까워지신 걸까?

노부인들이 그랬잖아.
전쟁 중에도 아이들이
많이 태어났다고!

아니, 아니지.
그래도 지금은 시기가
좋지 않은 것 같아.
반대하는 게 좋을지도….

헤이든,

네 눈이
안 닿는 곳에선
엄마 아빠가
사이 좋을 때도—

웩

…많아.

소곤

라니아,
이제 좀
비키는 게….

휙

묵직

?!

역시 아무래도…
동생이 생기는
편이…!

…이건 내 의지와는
전혀 상관없다는 것만큼은
알아 둬.

그럼 전 이만…
방해해서
죄송해요!

가지 마!

?

이리 오렴.
엄마 아빠랑
같이 자려고
온 거지?

무서웠구나,
우리 아가.
이리 온!

아, 별로 그런 건…

전 동생을 오랫동안 기다려왔어요…

무슨 소릴 하는 거니? 얼른 이리 와!

…난 잠깐 바람 좀 쐬어야겠어.

헤이든, 엄마랑 먼저 자고 있으렴.

네? 네….

으아아아아아아!

난 정말 바보 멍청이야!

나 때문에 동생이 없어진 거라고!

얼른 이리 와!

지금껏 태연하게
한 침대에서
잤으면서

새삼스레 내가
이상한 짓이라도
할 것처럼….

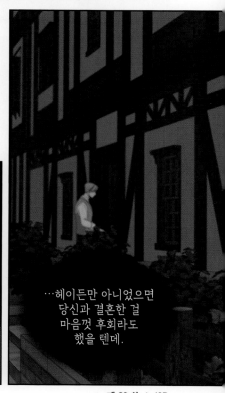

…헤이든만 아니었으면
당신과 결혼한 걸
마음껏 후회라도
했을 텐데.

별떡

훠

내가 그렇게나
싫다면서도
결혼은 후회
안 한다니

헤이든의 친부가
얼마나 별 볼 일
없는 놈인지
알 만하군.

끼익

저벅

저벅

둘 다 오늘
무서운 일 겪은
사람들 맞아?

어떻게
이렇게 평화롭게
자는 거야.

가만 보면 둘 다
참 겁이 없어.

…나는
아닌데.

저벅

저벅

딸 깍

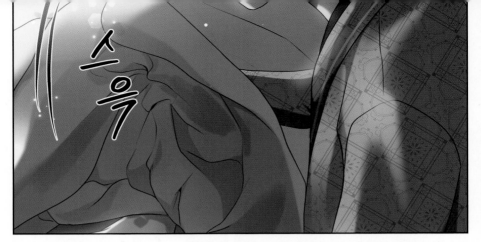

스으

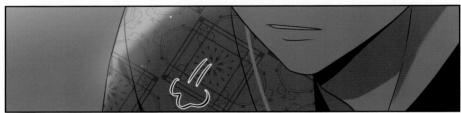

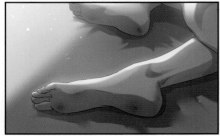

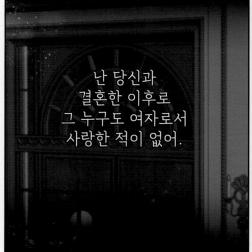

난 당신과
결혼한 이후로
그 누구도 여자로서
사랑한 적이 없어.

정말
싫어….

이게 뭐야…

신마저 헤이든을 사랑하나 봐.

어떻게 된 게 크게 다치지도 않고 돌아올 수가 있지?

이래서는 헤이든이 백작님이랑 더 가까워지기만 하잖아.

아냐, 아무리 그래도 절대 포기하지 마, 펠릭스.

어떻게든 헤이든의 자리를 뺏고 네가 아버지의 사랑을 독차지해야지.

그리고 언젠가 네가 고귀한 백작이 되는 거야.

멈춰.

드르륵

이렇게 이른 시간에 고귀하신 백작 부인께서 직접 배웅을 나와 주시다니.

황송하기 짝이 없네요.

그 짐, 그대로 싸들고 쓰던 방으로 기어 들어가.

......

못 알아듣겠어? 당분간 이 집에 조용히 처박혀 있으란 뜻이야.

자비를 베푼다 착각하진 말고.

이 집에 머물지 말지는 제가 결정할 일이에요.

펠릭스도 거의 회복했으니 돌아가겠어요.

가, 그럼.

꺼지라고.

그래?

어머니….

펠릭스,
먼저 방에 가 있으렴.
엄마는 백작 부인과
할 말이 있으니.

네.

왜 멀뚱멀뚱
서 있는 거야?
원하는 거라도
있어?

이제라도
거지 취급을 바란다면야
얼마든지 해줄게.

함부로 제게
명령하지 마세요.
저는 이 집 고용인이
아닙니다.

또한 저는
필데트 백작가 핏줄의
생모 자격으로
이 집에 왔습니다.

어린애 앞에서
못 배운 사람처럼
저열하게 구시다니,

그러고도 제가
부인께 예의를
차리길 바라시—

내가 보는 앞에서
내 남편에게
키스했잖아.

제 21 화

The Unwelcome
Guests of
House Fildette

주둥아리라니…
천박하긴.

그래요.

제가 본능에
충실한 나머지
저열한 행동을
했네요.

백작님의 입술을
다시 한 번 느껴보고
싶었거든요.

10년도 더 지난 일에
아직도 취해 있나 봐?

약이라도
하니?

세월이 많이 흘렀다고 해서
우리가 서로 사랑한 시간이
사라지나요?

아니면 그이가
제 아이의 아버지라는 사실이
달라지기라도 해요?

우리는
서로에게 서로가
첫사랑이에요.

이 사실에 있어
당신이 끼어들 여지는
전혀 없어요.

닥쳐!
네까짓 게
감히 뉘 앞에서!

아무리 세상이 바뀌었다지만
이 저택의 안주인께
버릇없이 덤비다니,
있을 수 없는 일이야!

정신이
나갔나봐

역시…
백작 부인은
베네딕트를
사랑하는구나.

하고 싶은
말이 많지만
이쯤 해두죠.

10년도 더 지난 일에
목매고 있는 건 내가 아니라
백작 부인 본인이겠지.

아침 일찍부터
저렇게 치장한 것도
분명 날 의식한 것일 테고.

화려한 겉치장이
다 무슨 소용일까?

당신도 결국 집구석에서
남편의 사랑이나 갈구하는
초라한 여자일 뿐이야.

손님 대접이 이래서야
백작가 안주인의 평판이
좋을 수 없지 않겠어요?

참, 저희 방은
다른 곳으로
바꿔주셨으면 해요.

손님을
하인이나 쓰는 방에
머물게 하다니,

나오미!

마님.

헤이든에게 돌을 던진 놈을 심문하러 간다면서? 고생이 많네.

아닙니다. 마땅히 제가 해야 할 일이지요.

주인님께서 감찰조도 꾸려주셨으니 훨씬 수월할 겁니다.

그래, 그건 나오미가 잘할 거라 믿어.

그리고

이건 그냥 내 생각인데

영 아니다 싶으면 흘려들어도 좋아.

마님께선 현명하십니다. 뭐든 말씀하세요.

…어젯밤에 있었던 일 말인데,

시간도 야심했고 날씨도 궂어서 인적이 드물긴 했지만 총성에 놀란 사람이 많겠지?

무슨 일이 벌어진 건지 궁금들 할 거야.

어쩌면 목격자가 있을지도 모르지.

나는 이번 사건을 그냥 은폐하기 보다는 이용해야 한다고 봐.

베네딕트가 몸을 던져 헤이든을 구했다는 사실을 널리 알리는 거지.

그 왜, 사람들이 심심풀이로 보는 싸구려 가십지 같은 거.

그런 데에 기사를 내는 건 어떨까?

백작이 몸을 던져 아들을 구했는데 과연 그 아들이 가짜일까?

난 이런 문구밖에 생각이 안 나긴 하지만 아무튼…

아주 좋은
생각입니다.

귀족이 아닌
아버지로서,
백작님의 인간적인
면모를 보여주면

그런데
마님은요?

사람들이 백작님께
깊이 공감할 것이고,

도련님이 가짜라는
소문을 잠재우는 데에도
도움이 될 겁니다.

마님께선
괜찮으십니까?
그 천박한 소문 때문에
마음이 상하셨을 텐데.

별로
신경 안 써.

내 평판이야
딱히 좋았던 적도 없었고
남편만 바람둥이란 소문만 나면
내가 너무 불쌍해지잖아.

난 동정받는 건
질색이거든.

그때 주인님 대신 마님께서 그 자리에 계셨다면 마님께서 몸을 날리셨겠죠?

당연하지!

하지만 헤이든을 위해 소문을 잠재워야겠어.

내가 할 수 있는 건 뭐든 할 거야.

베네딕트는 헤이든을 위해 몸을 날렸는데,

난… 아무것도….

이 집 식구 중 그걸 모르는 이가 있을까요?

그냥 나는…

더는 내 감정에 휘둘리느라 그 애를 아프게 하고 싶지 않아.

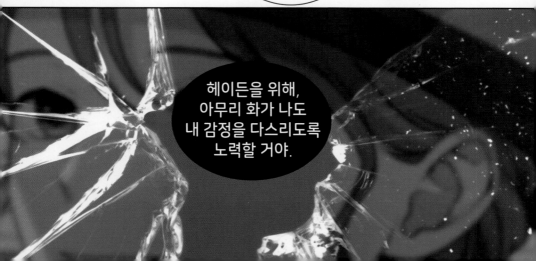

헤이든을 위해, 아무리 화가 나도 내 감정을 다스리도록 노력할 거야.

로라가
라니아 앞에서
그런 소릴 했다고?

확실히 제정신은
아닌 것 같군.

제가 하고 싶은 말이
바로 그겁니다,
주인님.

아주 모욕적인
상황이었습니다.
그 자리에서 바로
입을 찢어 버리고
싶었을 정도로!

⋯⋯.

베일리 네 반응이
이 정도인 걸 보면
라니아가 용케
잘 참은 것 같네.

저벅

저벅

타닷

스윽

뭐, 뭐 하는
짓이야?!

……．

당신, 자기 학대 취미라도 있어?

아니면 땅바닥에 원수 졌어?

왜 또 시비인데?

발바닥이 온통 상처투성이에 빨갛게 부었는데

도대체 왜 또 이런 고문 기구 같은 걸 신냐 말이야.

당신은 키가 작은 편도 아니면서 왜—

중요한 건 그런 게 아니야!

안주인으로서 위엄을 보이기 위해 필요한 거라고!

새삼
누구 앞에서?

로라 앞에서?

그래봤자
그 여자 자아만
비대해질 뿐이야.

백작 부인이
진심으로 상대해주니
본인이 뭐라도
된 줄 알—

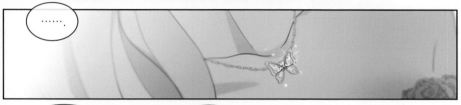

…….

그래, 난 머리가 나빠서 일차원적으로밖에 행동 못 해!

그래도 내가 하고 싶은 대로 할 거야!

내가 왜 그 여자 머릿속까지 신경 써야 해?

그 버러지들이 내 눈에 띄는 걸 꾸역꾸역 참아주는 것만으로 고마운 줄 알아!

뭐든 빨리 알아내는 게 좋을 거야.

내 인내심은 벌써부터 바닥나기 직전이니까.

또각

또각

…도대체
내가 언제

당신더러
머리가 나쁘다고
했는데….

제 22 화

저녁에 로라랑 이야기 좀 나눌까 하는데.

아, 물론 당신이 신경 쓸 만한 일을 하려는 건 아니야.

그냥 그 여자의 의중을 캐려는 것 뿐이지.

혹시나 당신한테 또 얻어맞을까 봐 미리 말해두는 거야.

지금까지 맞을 짓을 한 건 당신이야!

누가 때린 걸로 뭐라고 했나?

혹시라도 억울하게 맞을까 무섭단 거지.

내가… 내가 왜 무서워?

내가 무슨 괴물이라도 돼?

왜 항상
내 말을
확대 해석해?

내가 언제
괴물이랬어?

그런
표현 자체가
싫다고!

내가 때린다느니
나한테 얻어맞을까
무섭다느니,

내가 마치
죄 없는 남편을
학대하는 것
같잖아.

아내가 남편 좀
때릴 수도 있지.

그냥 때리는 걸
때린다고 한 것
뿐이잖아.

아니면,
앞으론 우아하게
돌려서 말할까?

예쁜 나비가
내 뺨에 날갯짓을
한다고?

날갯짓 치곤
매몰차지만.

…상대하는 내가 바보지.

앞으로 내가 그 여자 앞에서 어떻게 행동하든 간섭하지나 마.

그래, 당신 좋을대로 해.

아무튼 난 로라랑 얘기할 거라 미리 말했으니까

아직도 날 쓰레기 보듯 하는 사용인들 눈빛만 당신이 어떻게 좀 해 보지?

흥!

또각

또각

……

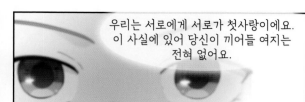

우리는 서로에게 서로가 첫사랑이에요.
이 사실에 있어 당신이 끼어들 여지는
전혀 없어요.

난 당신과
결혼한 이후로
그 누구도 여자로서
사랑한 적이 없어.

…그 말은,
그 여자가 처음이자
마지막 사랑이란
뜻이잖아.

그럼 나는….

…내가
뭘 입든 뭘 신든
무슨 상관이야.

이게 다
누구 때문인데.

본인 첫사랑 앞에서
힘을 주든 말든…
내 발이 아프든 말든….

나쁜 놈,
헤이든 대신
총만 맞지
않았어도….

엄마
맞죠…?

엄마…?

멍!

저는…
우리 정원에
요정님이
오신 줄 알고…

아마도
나비의 요정님이
아닐까 싶었어요…

저벅

저벅

흠....

아직도
앳돼 보인단
말이지….

이렇게 뻔한 걸 감찰할 시간이 있으면 어떻게 도련님을 보호할지를 고민하는 편이 훨씬 낫지 않겠습니까?

계란 말고 돌로 머리를 맞히라고 해요.

안 그럼 경감님이 뭘 숨기고 있는지 다 불어 버릴 거예요.

그러다 또 도련님께서 다치실까 봐 조마조마합니다, 제가!

하, X됐네.

그 약아빠진 금발 애새끼 때문에 쓸데없이 일만 커졌잖아.

하여간 뭣도 모르는 애새끼들 질투가 제일 무섭다니까…

저 싫으면 사람이고 뭐고 다 깨부수려 하고….

역시나 돌을 던진 놈을
심문하는 건
의미 없는 일이었다….

네놈이
6번가 서점에서
어슬렁대는 걸
목격한 이가 많아.

그리고 그날
도련님께선 서점에
가실 예정이었지.

그 정보를
누군가가 네놈에게
말해준 거야.

그래서 모나한테
그 자식의 관심을
끌어보라 했죠.

그 자식에게
돌을 던지란
사주를 받았다고
거짓말하면서.

아닌데요?
그냥 그 근처에서
바람 좀 쐬던 차에
비싸 보이는 차가
지나가길래

혹시 그 자식이
탔나 하고
따라가본 거예요.

꼬맹이 주제에
악마처럼 군다길래
혼쭐 좀 내주려고요.

감옥에 가는 걸
그리 두려워 하지
않는 것 같았다.

거의 자포자기한
태도였달까.

순순히 감옥에 가는 대신
그에 상응하는 보상을
받기로 한 걸 테지.

사주한 자와
입을 맞춘 게
분명한 것 같은데….

아무래도 역시
고문을 해서
로라와 펠릭스가
꾸민 짓이란 걸
실토하게….

흠칫

나오미 너도
네 마음의 평화를
잃지 않도록 해.

조사관들도 있고,
서점 주인에게서
정보를 얻어내는
방법도 있다.

뭣보다, 로라와 펠릭스의
정체를 밝혀 추방하는 것만이
내 임무의 전부는 아니야.

더욱이 그쪽은
저택에 계신 마님께서도
적극 도와주실 부분이고.

궁극적으로
내가 해야 할 일은,

이번 사건을 심층 조사해
도련님 살해를 청부한 자에 관한
실마리를 찾는 것이야.

……

뻐끔

초판 사인본이라면 안 왔어요.

마을에 떠도는 소문 때문에 요즘 도련님께서 심란하신 듯 해서

그걸 선물로 드리려고 여기저기 수소문하던 중이었거든요.

그러다 일주일 전쯤인가? 누군가가 전화로 한 권 보내주겠다고 했어요.

하지만 그날 책은 안 왔죠.

제게 거짓말을 했던 것 같아요.

목소리 주인의 나이와 성별은요?

…남자 목소리였긴 한데 연령대는 정확히 모르겠네요.

네, 알겠습니다. 감사합니다.

그리고 도움을 좀 구하고 싶은데요.

잘 아시는 가십지 기자 있으십니까?

……

딸랑

백작가의
불청객들

제 23 화

네 말은,

네 오빠가 도박 빚으로 무서운 사람들에게 독촉당해서

감옥으로 피신하려는 거다, 이 말이니?

네, 제 생각은 그래요.

꿀꺽 꿀꺽

오빠는 작년부터 원양 어선의 정식 기술자로 일하게 돼서 돈을 꽤 넉넉하게 벌었어요….

하ㅇㅇㅇ

하지만 도박에 빠져서 번 돈을 죄다 써버리곤 빚까지 져버렸죠.

그런데도 도박을 못 끊었고

검은 옷 입은 사람들이 빚을 독촉할 때마다 도박장에 갔어요.

그 사람들을 피해 몰래 도망갈 생각은 안 해봤니?

도망치면
죽는댔어요.

오빠는 제게
너나 도망치라 했지만
달리 갈 곳도 없고….

…오빠가 널
때렸다면서.

그건…
술만 안 마시면 안 때려요.
술도 도박에 손을 대면서
마시게 된 거고요.

도련님은요?
도련님께선
괜찮으세요?

괜찮다고
할 순 없단다.

이마에 평생
지워지지 않을 흉터가
생길 테니.

그렇게
천사 같으신 분께
제가…

죄송해요.
정말 죄송해요….

빚 독촉 전에 빚을 불리는 단계인 것 같군.

원양 어선 기관사는 꽤 고수익 직종이니 고급 노예가 따로 없겠군.

빚이 일정량 불어나면

아주 오랫동안 무급으로 굴려 돈을 뽑아먹을 텐데

어쨌거나, 도박꾼이 스스로 감옥에 갈 이유가 달리 더 있겠어?

강제적으로라도 도박을 그만둘 마음이 있었던 거겠지.

그런데 그 자식, 한껏 여유를 부리는 것 같던데

길어야 몇 년 감옥에서 썩는 정도의 처벌을 받을 거라 생각하는 건가?

작위를 계승한 이후로 난 영지민들 앞에 거의 나선 적이 없어.

네, 아무래도. 게다가 믿는 구석도 있는 것 같았습니다.

섣부른 가정이지만 그 믿는 구석이 로크 경감이라 치면

그 자식은 로크 경감이 범죄자들을 쉬이 풀어주는 걸 몇 번 본 걸지도 몰라.

최근에
추문도 돌았겠다,
영지민들도
백작의 권위가
체감이 잘
안 됐을 거야.

그러다 보니
한 번도 본 적 없는
뜬구름 같은 존재인
나보단

매일 눈앞에서
권력을 휘두르는 사람이
더 힘이 있다고

착각할 수도
있겠지….

로크 경감에게
사람은 붙여 놨겠지?

물론입니다.

그리고 모나라는 아이는…
데런이 봉사를 다니는 고아원에
잠시 맡겨두었습니다만,

그 아이는
어떻게 처벌하실
생각이신지….

……?

…못 들은 걸로
해 주십시오.

입이 늘었으니
고아원에 기부금을
더 보내는 게 어떨까요?

…그래.

로라더러
식사 후에
서재로 오라고
전해 줘.

끼익

탁

……

차는 준비가
안 된 건가요?

한가롭게
티타임이나 즐기려고
널 부른 건 아니라서.

서재라길래
옛날 그 서재인 줄
알았어요.

우리가 같이
책을 읽었던….

그 서재는
안 쓴지 오래됐어.
책을 읽을 만한 분위기가
안 나더라고.

왜죠?
귀한 책들이
많았는데….

거기서
여자들이랑 잤던
기억 때문에?

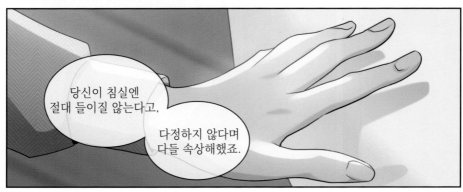

당신이 침실엔
절대 들이질 않는다고,

다정하지 않다며
다들 속상해했죠.

도대체
그녀들은 무엇을
기대했을까요?

너는 늘
제 분수를 아는 듯
굴었지.

딱 한 번 관계한 걸로
연인이라도 될 수 있을 줄
알았던 걸까요?

주제 파악도 잘하고
여유롭고 똑똑해 보이는
한편으로,

나에 관한
더러운 소문을 내는 데에
열성적이기도 했지.

모순적이게도
말이야.

네가 왜
그랬는지는
뻔해.

그래서 내가
네 도발에 걸려든
거겠지.

네 의도를
알았기 때문에.

흠…

제 아버지도 늘
그렇게 말씀하셨죠.
너는 분수를 제일 잘 알면서
제일 모르는 계집이라고.

제 23 화 ◆ 247

하지만
분수를 안다고 해서
꼭 그에 맞게 행동할 필요는
없다고 봐요.

사람은 원래
모순적인 동물이지
않던가요?

하면 안 된단 것도,
할 필요도 없단 것도
다 알면서 저지를 때가
많잖아요.

그때의 저 역시
그랬을 뿐이에요.

내가 끝내 당신에게
선택받지 못할 것임을
알았을 때,

그걸
인정하고
싶지도,

받아들이고
싶지도
않았어요.

그래서 당신을
더럽히기로 했죠.

당신이
나로 인하여
그녀에게
경멸당하고

나로 인하여
상처받고 지친 삶을
살아가길 바랐어요.

어떤가요?

제 바람대로
이뤄진 것
같나요?

네가 아니어도
난 훨씬 오래 전부터
지쳐 있었어.

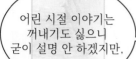

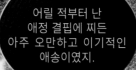

어릴 적부터 난
애정 결핍에 찌든
아주 오만하고 이기적인
애송이였지.

어린 시절 이야기는
꺼내기도 싫으니
굳이 설명 안 하겠지만,

너 때문만이 아니라
감정 소모로 인한 피로가
이미 쌓일 대로 쌓여서
공허하고 비참한 상태였지.

그래서 나를 사랑하는 사람은
그 어떠한 상처도 내게 주지 않고
온전히 사랑만 해주기를 바랐어.

네가 내 삶에
유일무이하고
대단한 영향을
끼친 존재는
아니란 뜻이야.

넌 그냥
일부일 뿐이고,
내가 겪은 모든
고통의 근원은
결국 나 자신이야.

그 사람에 대한
내 감정의 무게와는
전혀 상관 없이.

그런 나의 머리통을
한 번 더 후려쳐
자포자기하게 만들
속셈이었다면

어느 정도
이뤘다고 볼 수는
있겠군.

덕분에 난
내 아내가 날 경멸해도
그럭저럭 잘 지내왔거든.

로라, 넌
정말 똑똑해.

사람의 마음을
교묘하게 이용하는 법을
잘 알고 있어.

사람을
꿰뚫어 보는
통찰력과 기민함도
갖췄고,

타인의
감정을 자극해
의도한 대로
움직이게도
할 수 있지.

좋은 집안에서
풍족하게 자랐더라면
네 능력을 이런 무가치한 일에
낭비할 일도 없었겠지….

하지만 어떻게 라니아가
수많은 여자 중 하나가
될 수 있지?

그녀는 내 평생 유일한 아내이자

내 아이의 어머니인데.

첫사랑은… 추억 속에서나 달콤한 거야.

이제 내 삶에서 누구도 그녀를 대신할 수 없으니,

라니아는 영원한 나의 특별한 사람일 거야.

그래… 정말로 네 첫사랑이 나라면 말이야.

네가 그 단어에 무슨 감상을 떠올리든 내가 이러쿵저러쿵 간섭할 권리는 없어.

그렇지만 사실에 근거하지 않고 말을 옮기거나 행동하는 건 지양했으면 해.

난 네가 나에 대한 추문을 몇 배는 부풀려서 퍼뜨렸던 걸 묵인해줬잖아.

그거면 충분하지 않아?

내 아내 앞에서 첫사랑 따위를 운운하며

마치 그것이 고결한 사랑인 것처럼 가증스럽게 포장하지 말라고.

그냥 솔직하게 더럽고 추잡했다고 할걸 그랬네요.

그랬으면 백작 부인께서도 기분이 차암 좋으셨을 텐데.

제정신이라면 입밖으로 꺼낸 순간 후회만 될 일일 텐데?

굳이 말해야겠다면 별것도 아닌 다 지나간 일처럼 말하는 건 어때.

오래전
친구 하나가
너와의 관계에 대해
집요할 정도로
캐묻길래

대충 둘러댄
적이 있었지.

그때 내가
뭐라고 했더라?

사실 그대로
담백하게 말했던 것
같은데….

아,
그래.

지성이 돋보이는
괜찮은 여자고

그에 비해 나는
오만하고 충동적인
애송이지만

그저 그런 감정에 휘둘려
격에 맞지도 않는 상대를
선택할 만큼

본편 수록 외전 - 답 없는 부부

작년 겨울.

정말이지
충격적이에요….

엄연히 남편이 있는
귀부인에게 이렇게나 많은
구애의 편지가 오다니….

네 엄마가
무도회만 나갔다 하면
이 모양이다.

죄다 내가
아는 놈들인데,
놈팡이거나 해리슨 같은
저급한 쓰레기들이지.

그래도 이런 식으로
엄마한테 온 편지를
몰래 빼돌려 버리는 건
옳지 않아요.

제게 들키신 이상
남은 편지라도 엄마한테
전해주시는 게….

예전에도 네 엄마는
읽지도 않고 찢어서
태웠다니까?

후…

이런 말까진 안 하려고 했는데….

네 엄마도 읽을 가치가 없다고 생각한 거야. 똑같은 놈들한테 계속 오는 거라고.

어른인 나도 차마 눈 뜨고 못 볼 저급한 내용이야.

그, 그래도….

너 그러다 새아빠 보게 되는 수가 있다.

알다시피 네 엄마는 아주 예뻐서

늑대 놈들이 호시탐탐 노리고 있어.

이대로 엄마를 빼앗기면 아빠는 필데트 최초로 아내를 빼앗긴 가주가 되는 거야.

야만적인 중세에는 이런 일들이 꽤 많았지.

그런 위기가 닥치면 아빠와 아들이 힘을 합쳐 적을 물리치고 가족을 지켰단다.

!

타닥 타닥

그나저나 아버지한테는 이런 편지가 안 오나요?

여자들은 편지 쓰는 걸 싫어하는 모양이야.

뭐가 어쩌고 어째?
당신의 풍만한 가슴에
얼굴을 묻고 싶어?

개자식이,
목을 아래로 비틀어서
제 가슴팍에다
묻게 해줄까.

…저런 놈들 중에
헤이든의 친부가
있을 리 없어.

마지막으로
데이지 멜버스 양이
보내신….

이리 줘.

백작가의
불청객들

단행본 특별 외전

호텔이 아니라
집은 처음이네….

유명한 영화 배우의 집이라면
온통 자기 사진으로
도배되어 있을 줄 알았는데

그렇지는
않구나.

......

휴….

집까지 따라올
생각은 없었는데….

죄송합니다, 손님.
정말 죄송합니다.

…오늘이 정말로
마지막이야.

내일 아침 일찍
쇼핑하러 가자.

입고 온 드레스는
세탁이 끝나는 대로
챙겨줄게.

…잘 어울리네,
내 셔츠.

…!

유명한 모델이나
여배우들도
분명 있었겠죠?

그런 건
알아서 뭐 하게.

…어차피
피차일반일 테니까
솔직하게 말할게요.

…우리,

오늘이
마지막인 걸로
해요.

나, 당신보다 더
힘 있고 대단한 사람을
만나고 싶어요.

내 인생에
많은 도움이 되는
남자요.

찔꺽

하잉!

찔꺽

앗….

스윽

하아…

움찔

웃, 왜…
이런 데서….

쑤우욱

앗…!

아훗!

네가 원하는 게
이런 거 아니야?

포식자한테
예쁘고 맛있는 음식처럼
먹히는 거.

찌걱…

흣…!

움찔

응? 라니아,
내 말이 틀려?

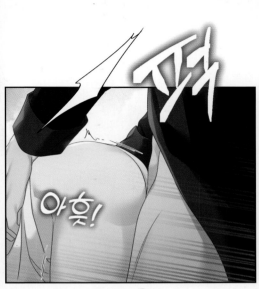

아훗!

말… 그딴 식으로 하지 마…!

아…!

…나쁜 자식.

아훗!

하루 전.

…라니아랑
만나지 말라고?
왜?

그 여자, 브라운 감독이
성희롱을 했다면서
그 자리에서 바로
감독 뺨을 후려쳤대.

그 감독, 치졸하기로
소문이 자자하잖아.
그런 이슈 있는 애랑 사귀면
그 감독 영화엔 영영
캐스팅 못 될 수도 있어.

요전번에 네가
꼭 해보고 싶다던 그거,
그게 그 양반 거잖아.

이 바닥은 실력이랑
인성은 별개인 거 알지?

음….

…그렇겐
못하지.

…빌어먹을.

…뭐?
인생에 많은
도움이 되는 남자?

그런데
어쩌죠?

제가 지금은
만나는 사람이
있는데.

…좋은 회사의
CEO시네요.

씨익

▶ 3권에 계속